희망, 원미산을 품다

이천명 시집

희망, 원미산을 품다

초판 1쇄 인쇄 2022년 4월 19일
초판 1쇄 발행 2022년 4월 25일

지은이 이천명
펴낸이 강정규
펴낸곳 시와동화

등록번호 제2014-000004호
등록일자 2012년 6월 21일

주소 경기도 부천시 성주로 86-4, 104동 402호.(송내동, 현대아파트)
전화 032-668-8521
이메일 kangjk41@hanmail.net

ISBN 978-89-98378-52-3 03810

희망, 원미산을 품다

이천명

시와 동화

아직도 청명晴明은 먼데, 어느새 봄바람은 옷깃을 스칩니다. 회갑 때 세 번째 책을 내고 '이제 끝이다.' 생각하며 살았습니다. 안성 두메산골에서 태어나 토끼와 뛰어다니고 꿀잠을 자던 아이가, 어느덧 고희古稀를 맞고 보니 새록새록 욕심이 났습니다.

당연한 일상이 특별해지는 시간, 멧새가 부지런히 날갯짓하는 것을 보면 곧 해가 지려나 봅니다. 우리네 인생처럼 말입니다. 이 나이 먹고 보니 비로소 보이는 것들이 많습니다. 돌 틈에 박힌 햇살 꺼내 숨결로 엮어낸 그리움만큼 두텁고요. 힘들수록 웃음 잃지 않고 마음 비우며 살다 보면 행복은 산 너머에 있는 것이 아니라 내 가까이 있음을 깨닫습니다.

남편과 함께한 세월이 45년, 자식으로 와준 우리 귀한 세 딸, 듬직한 사위들, 이쁜 손주들 이만하면, 잘 살았다 싶습니다.

　복사골문학회에 입문하여 30여 년 동안 시를 쓸 수 있도록 버팀목이 되어주신 여러 선생님께 진심으로 감사드립니다. 동행할 수 있어서 정말 행복했습니다.

　고맙습니다.

2022년 3월 27일

원미산 기슭에서

이 천 명

차례

시인의 말

1부 살며 사랑하며

2부 부천, 원미산

3부 그리운 그곳은

4부 새해 새날

1부 살며 사랑하며

연꽃

길을 걷다 멈추면
보이는 것들,
그 속에 나를 본다

한 줌 비워내며
나를 내려놓는 순간,
마음의 연꽃을 피우는 시간

진흙탕 상처를 디딤돌 삼아
순백의 내일을 꿈꾸며
연꽃 차 한 모금 마시면

비로소
맑아지는 영혼
내 안의 나를 만난다

봄꽃처럼 고운 님

먼 하늘 아래
목마른 대지가
불쑥 내민
한 아름의 꽃다발
그대를 닮았다

진분홍빛
입술과 입술
싱그런 웃음도
꼭, 그대를 닮았다

송이
송이마다
꿈꾸는 노란 망울들
마음 빛
다듬어 내는
추억 가슴에 담고

불면

날이 선다
서슬이 시퍼렇게

모난 것도
각진 것도 없다
날카로운 것은
더더욱 없다

그런데 왜 곤두서는 걸까

누워 있다
빙판 위에

어둠 속에 웅크린 빛
미친 듯 잡으려 해도
너무 차가운 말초신경

>

그대로 곤두서는 것은

새벽을 예감하기 때문일까

품앗이 행복

바다는
커다란 세탁기
하얀 거품을 내 뿜으며
끊임없이 부딪치는

거친 파도는
쉼 없이 돌고 돌아
온갖 먼지를 헹궈낸다
우리네 인생처럼

고통을 승화시키는 기쁨
나를 위해서만이 아니라
남을 위한 품앗이
자박자박 손잡고 걷는다

눈물

울고 싶은데
웃고 있다

주는 이 누구이며
받는 이 누구인가

눈물 흐를 때
맑아지는 영혼

주고 받음이
둘인 듯 하나

이내,
내가 네가 되는 것을

별 하나

햇살이
스산하게 꺾인다
낙엽들의 마지막 반란이다

불쑥
고개 내민
바람기

바람 불어
열매 떨어지는
소리

낙엽 따라
바람 따라
기웃거리는 진한 눈빛

별 하나 줍는다

우편 엽서

가을은
끊임없는
보수 공사

벗어 버린
알몸으로
내일을 꿈꾸는

가을은
비밀이 없는
우편 엽서

아침 이슬

눈부신 햇살에
아침 이슬 속삭이는

봄은
짙은 향수처럼 어지럽다

공중에 부유하는
애잔함

다섯 평짜리 칸막이에 갇힌
영혼의 날개를 펼치려 한다

조금씩
조금씩

이쯤에,
작은 창 하나 열어 두자
〉

코끝이 싸한 찬 공기가
가슴을 파고든다

희망 사항

아침에 눈을 뜨면 눈부신 기지개 켜고
맑은 물 한 잔으로
오장육부五臟六腑를 깨운다

남편 출근하고 나면
창문을 활짝 열어 상큼한 향기 들여놓고
집을 나선다

양수 속 아기처럼 물놀이하다
맑은 마음 가득 안고
작지만 예쁜 카페에서

카푸치노 한 잔으로
세상 돌아가는 이야기 풀며
벗들과 정담을 나누면

그리움 가득한 찻잔
한 모금 한 모금 넘길 때마다 느껴지는

그대의 향기

기쁨과 감사로
하루를 채우고 나면
해 질 무렵,

존경과 사랑받을 주름살
자연스럽게 우러나는 님 기다리며
설레는 마음으로 사랑 차를 볶는다

가위눌린 날

만취한 남편
거실에서 잠든 모습 보고
나 혼자
방에 들어와 누웠다

"여보시오, 여보시오" 부르는 소리에
깜짝 놀라 깨어 보니
머리맡에 낯선 남자 둘이 앉아 있다
용수철처럼 벌떡 일어난다

"여보여보" 힘껏 소리 지르지만
목소리는 안 나오고
그 남자들 하는 말,
"당신 남편 거실에서 하늘나라 갔던데"

순간,
부들부들 떨면서도
침착해야 한다고 스스로에게 다짐하며

애꿎은 이불만 목까지 감싼다

비명소리에 깜짝 놀라 달려온 남편
아직도 술이 덜 깬 목소리로
"무슨 일이야?"

어휴, 술 냄새!

또 다른 나

눈길에 미끄러져 미추 골절로
입원한 첫날 밤

병실 안은 대낮같이 밝은데
창밖은 칠흑의 어둠
그 속을 질주하는 자동차 굉음

신경이 곤두서고
지쳐 서럽고 괴로운
몸과 마음

살아갈 동안의 고통은
심장이 뛰고
가던 발걸음을 멈추게 하지만

침묵 중에 인내하고
겸손이 있는 밑바닥까지 이르러야
평화로워지는 걸까

〉
알 수 없는 어둠 속
내 안의 빈자리

하루하루

어느 순간,
또 다른
내 모습을 본다

물오른
처녓적 수줍은 얼굴은 어디 가고

세월 먹는 동안
남은 것은
살구씨처럼 마른 영혼뿐

이 세상에 태어난 이유가 있듯
알을 깨고 나와야
비로소 느끼는 생명의 참된 가치

하루하루
끊임없는 희망으로
하고 싶은 것 하고 살면 행복할까

〉
'남의 탓'으로 돌리지 않고
맑은소리 가슴에 품고 살면
그것이 행복일까

삐걱대는 소리 친구삼아 살아야 하는
오늘의 현실을 딛고 내일을 살기 위해
무엇인가를 결단하도록 촉구하는 힘

그대, 지금 행복한가?

그저, 웃지요

8남매 맏며느리로
시부모님 모시고 살자면
매사 집안이 편해야 하니
꾹, 참고 살지요

살이 꼈는지 술이 독인지
3년이 멀다 하고 기막힌 일들이 펑펑
경찰서로 병원으로 혼이 나가 뛰어다녀도
그저, 참지요

한 날 한 시 어른이 되었건만
조선 시대에서 타임머신 타고 왔는지
아직도
예, 아니오만 하라는 남편

나이 들면 눈만 보고 사는 줄 알았는데
끝이 보이지 않는 날들
밀물과 썰물처럼 살며 눈물방울 삼키는

삶의 끝자락은 어딘가

그저, 웃지요

안성댁

먼저 보낸 아들이 다섯
늘 비실비실 앵한 막내딸
'하늘에 목숨이 달렸다'며 지은 이름이
'天命'

이름 덕을 보았는지
남매가 사경 헤맬 때
아들 먼저 살리려 먹인 약 독약이 되고
방죽에 빠져 허우적거릴 때
구사일생으로 살아났다

먼 거리 줄이는 건 빨리 걷는 게 아니라
즐겁게 걷는 거라던 선비 같은 아버지
경주 이씨 대대 장손 맏며느리로 살다 보니
평생 물 만지고 사는 게 여자라며
공주처럼 일을 안 시켰던 울 엄마

8남매 맏며느리로 시집와

남편과 함께한 세월이 45년
자식으로 태어나준 우리 귀한 세 딸
듬직한 사위, 이쁜 손주들

이만하면,
잘 살았다 싶다

천세종

석파정 소나무가 말한다
백 년도 못사는 중생들아
천년을 살아 낸 나를 보라

한번 웃으면 걱정 하나 사라지고
어떤 역경이든
화사한 봄바람은 불어온다

제 온몸으로 굳건히 버티면
새 생명이 돋아나는
대자연과 호흡하는 자연의 이치

어제는 아쉬움이고
내일은 안개 속이지만
오늘은 축복

선물 같은 하루를 보내라고
인생의 만개는 바로,

지금이다

2부 부천, 원미산

아가 똥

독한 것,
내 너를 무시했기로
이렇게까지 배신해?

빈 둥지 증후군도 껌뻑 죽을 만큼
볼록한 엉덩이 실룩실룩 달려와
행복 가득 끌어안고 뽀뽀뽀!

삶의 기쁨인 껌딱지 어린 손녀
새근새근 잠이 든 한밤중에
비몽사몽 들리는 소리

순간, 잠을 홀랑 벗겨버린
가슴 찢어지는 소리
"아퍼, 아퍼!"

5대 영양소에
살균, 정성까지 곁들였건만

오히려 독을 쏴-

천하에 몹쓸 것!

* ≪시와 동화≫ 2022년 100호 특집 여름호에 동시 실림

눈 먼 사랑

백일의 해맑은 눈동자
허공을 맴돌다
마주치는 순간

심장이
쿵,
첫사랑이었다

웃는 모습
활화산 되어 가슴에 피고
웃음소리
귓가에 맴돌지만

함께해서 더 황홀했던 순간도
세월 지나고 보니
그것은
가슴 아픈 짝사랑이었나
＞

밤을 새워도
한 줄의 기막힌 문장이
오지 않는 날들

첫사랑은
눈 먼 사랑으로 자라나
세월 담은
기다림만 가득하다

2019년 5월 5일

오늘은 95번째 생일
엄마 아빠와 함께하는
희망이 주렁주렁 열리는 날

마이너스 1교시* 빼먹어도
물놀이에 옷이 흠뻑 젖어도
오늘만큼은 꾸중 듣지 않아 신나는 날

하늘을 자유롭게 나는 연처럼
둥실둥실 뭉게구름 타고

까르르
아이들 웃음소리
활짝 핀 꽃으로 밝게 피어나고

분수대 물줄기처럼
힘차고 맑게 솟구치는 날

⟩

오늘은 어린이날

10점 만점에 11점

행복 플러스 날이다

* 마이너스 1교시 - 오전 6시에 하는 수업

폭우

아빠
우리 집에 물이 들어와요
우리 집 둥둥
떠내려가면 어떻해요?

갑자기 쏟아진 물 폭탄에
물에 잠긴 집을 보고
아이는 겁이 났어요

어제까지도 푸르던
예쁜 가로수 잎들이
우수수 쏟아져 내리고
가지도 뚝, 뚝 꺾였어요

갈 곳 잃은 매미도
나무줄기를 꽉 잡고
매달려 떨고 있네요
폭우 속에서

* ≪시와 동화≫ 2020년 겨울호에 동시 발표

봄바람 꽃바람

향기 가득 꽃바람 불어
사랑이, 행복이 꽃핍니다

추위를 견디고
여린 싹을 키워낸 순수한 꽃잎

너를 위해
꽃잎 하나 띄워 보내면

살랑살랑
기분 좋은 바람이 붑니다

이제, 활짝
찬란하게 날아오를 시간

예쁜 미소가 폭죽처럼
행복을 쏘아 올립니다

* ≪시와 동화≫ 2021년 여름호에 동시 발표

원미의 희망

이제
길을 떠나자

친구여,
우리가 걷고 있는 이 길이
미래에 다다르는
희망임을 알자

원미산의 자연을 품어
두려움을 토해내고
새 희망을 꿈꾸자

소나무 숲 깊은 곳에
푸른 마음 곧게 심고
천만 번 닦고 닦아
마음 가득 진실을 채워보자

밝은 태양이

찬란히 타오를 것이다
젊은 친구여
희망의 빛이여

이제,
우리의 길을 떠나자

* 원미구 청소년 소식지 권두시

원미동 찬가

원미산 정상 장대봉은
우뚝 솟아
참된 우리의 푸른 꿈을
포근히 감싸고

햇살 가득한 멀뫼 동산에는
봄마다 새롭게 피어나는 꽃
민초들의 삶이 스며있는 꽃

진달래가 흐드러져
오랜 세월 붉게 물들인다

향기로 흠뻑 채운 동산 아래
소중한 사람들과 더불어 사는
멀리서 보아도 아름다운 곳

부천 탄생
100년의 역사 속에

오롯한 보금자리 가꾸며
열정과 희망으로 살아가는

다정한 사람들이
영원히 기억하며 사랑할
그 이름
우리 동네 원미동

* 원미동 소식지에 실린 홍보시

원미산의 가을

가을
햇살 아래
자라난 기쁨이

기나긴
기다림 속에
하나하나
여물어 가듯

계절의 빛깔처럼
곱디고운 꿈을 꾸며
온 세상을
빨갛게 물들인다

산은
모든 것을
조금씩, 조금씩
자라게 하고

＞
넓고 높은
창공을 향해
오르다 보면

가장 소중한 것을
가장 가까운 곳에서
듣는다

* 제20집 〈한국창작 가곡〉에 실어 노래하다(소프라노 김애경)
* 제36회 〈복사골예술제〉 전시(2021년)

원미산 61

원미산 둘레길 걷다 보면
기다렸다는듯 반갑게 맞아주는
아카시 꽃길

숱한 사연들 하얗게 품어주는
이 길이 좋아
어제도, 오늘도 찾아온다

쑥대밭으로
마음 아플 때도
이 길을 걷고

고적한 인생길 외롭지 않게
동반자 하나 이 길,
동행할 수 있도록 다짐하며

'남편나무' 노랫말 속
그 애절한 목소리 되새겨 들으며

나만의 부흥회를 갖기도 한다

내 마지막 가는 길도
이렇듯 하얀 꽃길이길
비나리 해 본다

원미산 66

하영하영* 단풍 고운 가을을 걷다

모시 같은 바람꽃이 길 위에 피는가 싶더니
어느새
비몽사몽 길을 잃는다

붉은 꽃무릇 우우 돋은 젊은 가을
애끓는 산찡 소리

갈대숲이 보고픈 여행
불어오는 가을바람과 함께
추억과 낭만으로
청명한 하늘을 가득 채워본다

바람이 길손의 가슴팍에
시리게 파고들기 전에

빛깔 고운 풍경 속 여유로움을

소중한 사람과 함께하는
나만의 귀한 시간도 갖고 싶다

높아가는 원미산 하늘 아래
계절의 향기에 취해
진실하게
채워진 시간들이 인연이 된다

---

* '하영'은 '많이'의 제주도 방언

원미산 77

쏠쏠이 바람에
겹겹이 쌓인 멀뫼 기슭

순결한 설렘으로
숫눈을 밟는다

솜사탕처럼 부드러운 오솔길을
내 손목 잡고 가는
눈부신 눈꽃

꿈으로 깨운 깊은 잠
화려한 설화로 피어나고

지나간 세월이 담뿍 배어있는
고즈넉한 산사에
포근히 덮여 있는 소담한 눈들

어느새 마음은

눈雪 빛을 닮는다

원미산 88

원미산 장대봉에
겹겹이 쌓인 눈은
기나긴 세월만큼 하얗고

돌 틈에 박힌 햇살 꺼내
숨결로 엮어낸
푹 패인 그리움만큼 두텁다

몽골몽골 두부 끓는 솥에
흰 눈처럼 정이 쌓이듯
행복 닮아가는 따뜻한 추억

원미산 99

얼어붙은 계곡마다
길은 막혀있고
벼랑 끝에는
빈 내장 속으로
맵싼 바람이 분다

뿌리 없는 바람 앞에
골 깊은 아픔
아픔이 씨앗으로 앓아눕고
찬바람 잦아들며
눈이 내린다

시간을 여미는 고요한 몸짓
떠난 모든 것들이 돌아와
산과 사람이
함께하는 삶 속에
포근히 내려앉는다

원미산 194

휘몰아치던 비바람
멎은 4월의 끝자락
친구가 죽었다는 비보가
화살이 되어 가슴에 꽂힌다

누구는 병원 검사 결과 기다리는
일주일이 지옥이고
또 어떤 이는 복권 사서 기다리는
일주일이 행복하다는데

친구를 갑자기 보내며
나는 살아있음에 감사한다
살아야 하는 힘이 사랑이고
그 원천이 희망임을 비로소 깨달았다

아카시 향기 맡으며 함께 걷던 원미산
부지런한 빗줄기가 온 산을 깨우더니
벚꽃 잎이 먼저

하얀 꽃길로 위로해 준다

눈물방울 삼키며 추억 밟고 걸을 때
언젠가 나도
묵묵히 하얀 꽃길을 가겠지 생각하니
바람이 휑한 마음속을 파고든다.

원미산 진달래

햇살 가득 반짝이는 멀뫼 동산에
새롭게 샘솟는 그리움으로
새봄에 피어나는 꽃

소박한 민초들의 삶이 배어있는
가슴 시린 애환의 꽃

그 꽃 피어
붉은빛으로 향기 날 때

보기만 하여도 그 따스함이
우리네 가슴까지 다가와
얼굴과 마음을 물들인다

봄비에 옷 젖듯이 닮아가는 사랑
손에 손잡고 뜨거운 희망으로
천년을 붉게 물들일
원미산의 진달래 동산

* 부천시 유네스코 문학 창의도시 선정 기념(2019년) 〈봄을 노래하다〉에 부천 필하모니 오케스트라와 협연(이문승 작곡/ 이천명 시)
 * 한국작가회의 부천지부 시화전 출품작(2019년)

Grove of Azaleas(원미산 진달래)

번역 : 우형숙

Lee Cheon myong

On the grove which glints in the sunshine
azaleas bloom in new spring
with a refreshing yearning.

The flowers, holding plain commoners' life,
bloom as the flowers of joys and sorrws.

When they bloom with an aromatic smell
of a pinkish red,

the sight of them makes us feel good.
Thrir warmth comes up into our heart
and our face and heart have a tinge of the color.

Our love resembles theirs like wet clothes in a
spring rain.

Hand in hand with an ardent hope,

O the grove of azaleas on Mt. Wonmi

will tinge a thousand years with the pinkish red.

* 유네스코 문학창의도시 부천시인편(2019년) 우형숙 영시집(『60인, 부천을 노래하다』

3부 그리운 그곳은

황산黃山

황산黃山에 오르다 보면
코가 닿을 듯한 돌계단을
1860m 광명정光明頂보다 더 높은 고지까지
수만 번 오르내리며 놀라고

산과 산을 잇는 그 돌계단을
사형수들의 피와 눈물로
하나하나 정으로 쪼아 만들었다는
역사의 아픔에 또 한 번 놀란다

서해대협곡西海大峽谷을 지키는
분재 같은 소나무들이
마치 질서정연한 군인들처럼
운해雲海에 경이롭게 서 있는
신비로움에 감탄한다

황산黃山에 오르면
최고봉 사이사이로 수억 만 년 전부터

처녀 앞가슴 헤집고
수줍게 솟아오르던 첫 순결을
운산雲山에서 볼 수 있음에 감사하며

구름바다 사이로 내미는
앵두 빛 입술에
온몸이 부르르 떨리는
황홀함에 온몸을 맡긴다

기송과 기석, 운해가 조화를 이루는
고공 잔도棧道는
구름을 벗 삼아 걷는 지상 최고의 절경인데

앞통수, 옆통수, 뒷통수를
서하객徐霞客과 동침 했음에 다시 놀란다

* 서하객徐霞客-명明 나라의 여행가이자 지리학자. 오악五嶽에 "돌
아보면 다른 산은 볼 필요가 없고 황산에 오르면 오악도 필요 없다."
며 황산의 비경을 극찬함.

돌아오라 소렌토

사랑하는 연인에게 선물할 정도로
아름다운 휴양지

태어나 꼭 한번은 가야 한다는
이탈리아 캄파니아주 나폴리현의
아말피 해안을 바라본다

파바로티 카프리의 하얀 절벽을 뒤로 하고
짙푸른 카프리섬이 멀어져가는
아쉬움에 몸을 돌리면

어느새
소렌토의 거대한 파도가 성큼성큼 다가온다

파닥파닥 바다의 심장 소리가
가슴속으로 밀려오고
잿빛으로 변한 하늘에선 바람난 파도를 꾸짖듯
텅 빈 하늘 밑 찬비 흩날리던

\>

그곳을 돌아서는 가슴속엔

그리움이 요동친다

옥빛 눈물 언제 보려나 바다로 향하는 손짓

돌아오라 소렌토로

두만강 강가에 앉아

두만강 푸른 물은 흙탕물 되어 흐르는데
노 젓는 뱃사공은 어디 가고
모터 소리만 요란하다

그 옛날 나라 위해
온몸 바친 투사들의
맺힌 한이 지금도 붉게 흐른다

애타던 꿈은 언제 이루려나
칠십 년이 지난 지금,
강가에 다시 앉아

오늘도 기다리는 애달픈 맘
기약 없는
그날이 보고 싶다

철새들은 푸드득 여행길에 오르고
살갑지 않은 때 이른 봄바람

온몸을 휘감는다

초정약수

놀라운 자연 앞에
사람들을 쏟아 놓는다
시선이 머무는 신비로운 그곳
이름만큼 매혹적이다

저마다 품고 있는
마음속 밝은 빛
하나씩 꺼내어 함께 나누면
어우러져 하나됨이
얼마나 좋은지

가까이 있어서 행복한 그들
소중한 사람들이 어우러져
건강 약수 한 모금 마시며
숲속 고운 풍경에 잠긴다

석회암층에서 나오는 이 용출로
600여 년 전 세종대왕이

눈병, 피부병을 고쳤다는

후추처럼 톡 쏘는
천연 탄산수
세계 3대 광천수鑛泉水
그 기적의 역사 앞에서
초정리 맑은 하늘을 우러른다

* 청주 전국시인대회 출품작(2019년)

미인폭포

한평생 낭군을 기다리던 여인
주름진 자신의 모습을 보고
흰머리를 아래로 하고 뛰어내려
흰 물줄기가 되었다는

'그랜드 캐니언'을 닮아
더욱 아름답게 빛나는
삼척 첩첩산중의 통리협곡
미인폭포

이제,
그곳엔 미인은 없고
흰 눈물만이 펑펑 쏟아진다
전설이 된 여인의 슬픔처럼

하회河回 마을

낙동강을
태극 모양으로
돌아 흐르는
하회河回 마을

안동 소주
한 잔에 산이 돌고
한 잔에 물이 돌고
또 한 잔에 나도 돈다

문연동천汝淵洞天

수려한 자연 찾아온
문연동천汝淵洞天의 간현 소금산

며느리밥풀꽃에 하얀 밥풀 두 알
금낭화 동산 이루고
흰빛을 끌어모은 섬강
삼상천 계곡을 끼고 돈다

덕가산 자락 능골에 누운
비운의 인목대비
두견새 피를 토하듯 울어대고
여성 성리학의 태두
임윤지당
여성승리, 인간승리의 결연한 모습

암벽 등반하는
개미둥지골 간현암
공포, 스릴

짜릿한 절벽 404계단

색바람과 아장바장 동행하며
빙글빙글 도는 가슴
자연 따라 함께 돈다

어부사시사漁父四時詞

넓은 가슴
팔 벌리면 가득한
완도 석장리 부두

뱃길 열어 찾아든
보길도에는

부연동 세연정 휘돌며
너울 춤추는
윤선도尹善道의 도포 자락

아픈 사랑 뒤척이는
송시열宋時烈의 '글썬 바위'

통통배 신들릴 때
광어, 농어 피 토하며 눕는데

무섭게 불어대는 바람은

그대 향한

생살 찢고 솟아나는 사랑니

금오도 비렁길

'아빠 어디가' 촬영지인 동고지
천혜의 명사 연도 백금포 해변
동그랗게 바다를 품고 있는 벼랑 뒤편 절벽
보는 것만으로도 가슴 벅찬 길을 걷는다

함구미에서 오솔길 따라 걷다 보면
숨이 막힐 정도로
웅장한 미역 널방이 내려다보이고

보국국사 지눌스님 전설이 내려오는
송광사 절터에선
초록치마를 휘감은 신선대의 비경처럼
섬마을 독특한 장례 풍습을 본다

긴 머리 휘날리는 갈바람통 전망대에 다다르면
굽이굽이 벼랑을 에워싸는 정겨운 나뭇길
해안단구를 따라 이어지는 기암괴석
눈부시게 푸른 에메랄드빛 해안길

〉
출렁출렁 비렁다리 밑
푸른 바다가 아득하다
오래도록 눈에 담고 싶은 비렁길
홀로 노을만 붉게 탄다

"아따! 언능 안 들어오고 새꽉에서 시방 뭐더요?"
수족관에서 침샘을 자극하는 펄떡이던 뽈락들
횟집 아낙의 지청구가 달다

방랑 식객

방랑 식객 임지호 식당 '산당'
물오른 초목처럼 정갈한
놋그릇에 정성을 버무리고

기쁨 반, 설렘 반
장인의 와인 같은
꽃 막걸리에 취한다

꽃이 피는
아름다운 봄도
시들까 마음 졸이며 살고

바라만 보아도 기분 좋은
붉게 물든 가을 산도
찬바람 불까 걱정하며 살지만

우리 인생은
차려 놓은 밥상에 앉아

즐기며 거저 산다

해질녘 건평항에서

가난 속에 평생 살다
자유 찾아 떠난 새
비운의 천재 시인

천상병 공원 벤치에 앉아
바다 위 눈부시게 반짝이는
윤슬을 바라본다

시인은 이곳에서
수평선 너머로 지는 노을 바라보며
무엇을 그리워했을까

여비가 없어 오가지 못하는
고향 닮은 건평항에서
노을빛 안주 삼아

나 이제,
소풍 끝내고 돌아가리라

귀천을 꿈꾸었을까

만추晚秋

갯벌 위로 넓게 펼쳐진
석모도 칠면초 군락지
붉게 물들인 단풍인 양
수줍은 새악시 볼인 양

맞은편 벌판엔
노랗게 물든 또 하나의 단풍
일렁이는 황금물결
가을에만 볼 수 있는 꿈같은 풍경이다

세월 따라 너무 멀리 와 버렸나
코끝에 닿는 가을바람이
가슴으로 스며든다

잊혀져 가는 귀뚜라미 우는데
푸르스름한 날갯짓에 휘감겨
애달픈 몸짓으로
＞

안녕을 적어
세월 바다에 띄워 본다

카페 조양방직

타임머신 타고 시간여행을 한다
공간 활용 200%

낡은 예전 모습을
기막히게 빈티지풍으로 재탄생시킨
조양방직 카페

진한 커피향 만큼
곳곳에 숨어있는
달콤한 삶의 보물찾기가
지친 영혼을 설레게 한다

조막손 닮은 단풍은
거칠어진 손등 닮았어도
들쑥날쑥 오감은
여기저기 꿈틀대고 있다

가을을 열어 사랑을 담고

은행잎 단풍잎 갈대잎 추억을 담아
커피 한 잔에 모아본다

창문 너머 노을빛이
물밀듯 잔 속으로 잠겨오고
한 모금씩 목젖으로 넘길 때마다

진한 님의 향기,
떠오르는 미소 한 조각

주상절리

귀 기울이면 산등성이마다
봄을 짓는 소리가 들리는
겨울의 끝자락

그 옛날
궁예가 세운 태봉국에
태봉대교, 은하수 대교가 들어서고

유네스코 지질공원 등재 기념으로
태봉대교에서 순담계곡까지
물 위를 걷는 수상 길이 펼쳐졌다

철원 한탄강 물윗길 트레킹
'축제야, 놀자'는
코로나19로 지친 심신을 달래주는
획기적인 지역축제

출렁이는 물 위에서 바라본

산수화 같은 계곡을
사랑으로 채운 주상절리

구름에 가려진 게으른 해가
바람에 기지개를 켜며
가만가만 봄 오는 소리를 듣는다

* 철원 한탄강 물윗길 트레킹 〈축제야, 놀자〉 2021년

신두리 해안사구

한낮의 폭염과 숨막히는 코로나19
잠시 멈춤이 필요한 시간
숨이라도 편히 쉬러 찾아간 곳

바람은 모래로 그림을 그리고
갯그령이 모래와 대화를 나누는
신두리 해안사구

어제까지 긴 장마로 간절했던 햇살이
오늘은
꼭꼭 숨기고 싶을 만큼 강렬하다

탁 트인 백사장
태평양 어느 바닷가를 연상시키는
깊고 푸른 바닷물

내일을 알 수 없어
파도처럼 흔들리는 날들 속의

나, 이곳에 와

하늘과 맞닿은
먼
수평선을 바라본다

4부 새해 새날

새해 새날

한 해를 보내며
일몰日沒과 일출日出을 본다

고통은
있는 그대로의 나를
인정하지 않기 때문이고

원하지 않아도
항상 따라다니는
나쁜 기억 때문이다

마음의 분노를 끄고
미움의 불씨도 끄고

내 안의 나를 성찰하며
몇 번이고 되새겨 본다
천천히, 아주 천천히
＞

계사년癸巳年

나의 해

맑은 새 해가 뜬다

여행

뭐길래 이렇게 설레는 걸까
낯선 바람에 흠칫
긴장도 되는

한 겹 너머의 비밀을 찾아
알 수 없는 미지의 세계를 향해
한 번쯤 떠나고 싶은

꿈이 쌓여 만든 그런 풍경을 만나면
어린 날 발랐던 빨간약처럼
가슴이 뛰고 따뜻해진다

떠난다는 건 새로운 희망이고
스승이고 그래서,
멈출 수가 없는 꿈

길

다시는
돌아오지 않을
그 길

웃음으로 태어나
눈물로 돌아간다

겨자씨보다 작은 행복
몸부림으로
찾아 돌고 돌다

제 자리로 돌아올 때면
호수에 알몸 씻는
보름달

아우성

저마다 자기 말을 들어 달라고
목소리를 높인다
부모는 듣지 않는 자녀를 향해
자녀는 들어주지 않는 부모에게

들리지만 듣지 않는 학생
들으려 해도 말해주지 않는 선생
선생과 학생들 사이 벽은 갈수록 높아지고
선택 장애 피로감만 쌓여간다

듣고 들어주는 피곤함에서 벗어나
홀로 살며 SNS에 꽂힌 현대인들
TV와 스마트 폰에 길들여져
포장된 자기를 알리고 싶어한다

악의에 찬 댓글은
가면을 쓴 자아에 숨어
수많은 목숨을 앗아가고

\>

세상에서 가장 좋은 미덕이
사랑을 실천하는 것이라면
듣기 위해 잠시 멈추는 것

지금 한번,
잠시라도
남의 목소리에 귀 기울여본다

봄날 아침 밥상

우리 집 밥상에는
노랗고 하얗고 새파란
약들의 잔치

늘 아침상은 열 가지의 꽃이 핀다

정겹고 애틋한,
둥근고 갸름한 모습들을
예쁘게 올린다

비를 기다리는 꽃은
떨어질 때도 웃지만
우리는 쓸쓸하다

앞으로
얼마나 더 많은 꽃들을
식탁 위에 올릴 수 있을까

활짝 핀 새봄을

새벽 비

잠이 온다는 감기약 먹었는데도
날 선 채 밤새 뒤척인다
인시寅時쯤이나 되었을까
밖에서 들려오는 낯익은 노래
꿈결인가

잠시 후,
대문이 열리더니
뚜벅뚜벅 계단 올라오는 소리
조용히 문을 두드린다
빗소리인가

발자국 소리가 저만치 멀어져 갈 때
때늦은 장맛비가 세차게 쏟아진다
아차,
맨발로 뛰어나가 부둥켜안고
왜 이 비 맞고 돌아다니냐고
엉엉 울기라도 하였더라면

>
이렇게 미안하고
가슴 아프지 않을 텐데
애꿎은 감기약 탓만 하며
베개만 적시다 새하얀 밤을 지샜다

일찍 일어나 밖에 나갔다 들어온 남편
"대문 앞에 있는 저 넝마 가방은 뭐야?"
알츠하이머를 앓고 있는 친구가 남기고 간 흔적이다
새벽 비는 더 세게 쏟아진다

피에타

누군가는 스스로 써 내려간 작품의 끝이고
누군가는 자신이 써 내려간 작품의 첫 페이지
다 잃어버린 그 자리에서
비로소 보이는 참모습

미켈란젤로가 죽기 직전까지
고뇌하며 힘겹게 깎았다는
'피에타'
절망의 나락과 희망의 시작이다

모든 새로움이
폐허 위에 피어나듯
절망은 새로운 길목의 초입

이제부터,
어떻게 살아야 하는지를
다시 한번 되새겨 본다

＞

매 순간 새로 태어나
온전히 내어주는 삶
남을 위한 희생이 곧 행복임을

다른 이들을 통해
꾸준히 이어지기를 간절히 희망하며
빈 무덤 앞에서 기도한다

밥 한 끼

손 소독은 기본
마스크는 필수
코로나19 대란으로
세상이 흉흉하여

28년 동안 해 오던
급식소를 중단,
도시락으로 바꾼
'안나의 집'은

취약계층
노약자를 위한
30여 명의 뜨거운 봉사자들

하루 한 끼라도 굶지 않고
맛있게 먹을 수 있도록
정성을 다하는 마음들이 모여

＞

650명의 저녁을 준비하는
기쁨의 연속인 그 집
이역만리 타국에서 온
흰머리의 신부는

오늘도
따뜻한 사랑의 밥을
나눌 수 있도록
가슴 한 켠 비워 둔다

선물

기대 반 설렘 반
일 년을 계획하며
맞이했던 새해

하지만
손에 든 결실은
늘 빈약한 한 해의 끝자락

마음 헛헛한 연말
아웅다웅 다투며 살지만
큰 욕심 없이 한 길을 함께 걸어가는

우리 부부를 위해
친구가 생일선물로 준
'양희은 디너쇼' 표 두 장

결혼 40여 년 만에
처음으로 남편과 눈 맞추며

웃고 손뼉 치고 노래한

바로 그 시간이
올 한해를
멋지게 마무리해 준

가슴 벅찬 '최고의 선물'이었다

세상에 단 하나

"딩동, 꽃 배달이요."

삼 남매 중 생일이 같은 언니와 나, 5살 때 언니는 시집가고 하나뿐인 오빠는 철도 공무원 되어 서울 가고 기차도 모르고 자란 두메산골에 있는 나를 여자도 배워야 한다며 서울로 데려와 학교에 보내주고 엄마 안 계실 때는 경주 이씨 대대 장손 3대 독자가 손수 밥도 지어준다. 몸이 약해 누워있는 내게 졸업시험은 잘 보아야 한다며 피아노 사 준다고 용기를 주고 3년 내내 장학생이 졸업시험 못 보았다고 안 오신다는 아버지를 설득해 졸업식장에서 깜짝 놀라게 한 오빠다

"누가 남매 아니랄까 봐, 어쩜 그리 똑같애."

책에 미쳐있는 오빠와 내게 식사 때마다 볼멘소리던 올케언니 남편과 선보던 날, 첫눈에 싫다는 내게 "집 있고 능력 있고 건강하고, 그만하면 됐다. 그러나 정 싫으면 가지 마라." 오빠의 그 한마디에 지금껏 잘살고 있는데 위암 수술에 췌장암 수술까지

휴양차 내려간 원주 산속에서 해방둥이 오빠는 난
생처음 꽃다발은 왜 보냈을까

요양원

곱디곱던 막내 작은엄마
세월 흘러 어느 해 봄
요양원에 가셨단다

무엇을 위해
누구를 위해
그렇게 아등바등 사셨을까

아들은 대기업 부장님
딸은 잘나가는 아나운서
지금,
그게 다 무슨 소용 있는가

몸은 천근만근
하얗게 지워져 가는 기억
마지막 가는 길에
잠시 쉬었다 가는 자리
〉

그 옛날
늙으신 부모님 지게에 짊어지고
꽃구경 가자며 눈물로 걷던
그 길 생각나는

한번 들어가면
살아서는
다시 나올 수 없는 그곳

현대판 고려장 터

성숙한 노년

어떤 노인으로 살고 싶은가
어떤 노인으로 살아야 잘 사는 건가

인정하고 싶지 않지만
갈수록 감정은 메마르고
마음은 그만큼 굳어진다

긍정보다 낙담으로 웅크린 내 모습
펄펄 끓는 용암의 붉은 심장은
다시 느낄 수 없다 해도

또다시
요동치며 솟구치는 미래를 꿈꾸면
온몸의 세포가 기지개를 켠다

더 늙기 전에
이기심을 버리고 말을 절제하고
겸손과 자아를 되돌아본다

>

지는 석양처럼 내려놓는다는 것은

참, 아름답다

한 세기를 보내며

별들은
조용히 타오르는 우주의 촛불
변함없는 마음으로
지난날의 어둠을 밝히는
희망의 촛불

한 세기를
아득한 옛날로 여기듯
먼 훗날
지금의 많은 사람들이
이 지상에서 사라지듯

세월은 그렇게 흘러간다
그러나,
시간은 변하지 않는다
우리의 마음이 변할 뿐

마음속에 촛불 하나

늘 켜 놓고

새롭게

새 시대를 걸어가야지

고해 성사

고백합니다
가시를 뽑고 싶습니다
정녕 뽑고 싶은데 뽑히지 않습니다
아마도 깊이 박혔나 봅니다
너무 아파 옵니다
심장이 터질까 두렵습니다
겨자씨보다 더 자그마한 가시가
이렇게 깊이 박힐 줄 정말 몰랐습니다
이제,
당신의 오른손으로
가시를 뽑고 싶습니다

몰랐습니다
그토록 사랑하시는 줄 몰랐고
얼굴 보지 못해 몰랐고
목소리 듣지 못해 몰랐습니다
너무나 조용하셨기에
잘못하였을 때도 몰랐고

당신의 지극한 사랑을
참으로 몰랐습니다

고맙습니다
눈이 있어 볼 수 있어 고맙고
손이 있어 만질 수 있어 고맙고
발이 있어 걸을 수 있어 고맙습니다
재능과 능력 주시어 고맙고
풍요로운 마음 주시어 고맙습니다
더욱더 고마운 것은
내 안의 나를 알게 해주시어
정말, 고맙습니다

기期

콩가루에
인절미 굴러가는 소리로
지나간 시간들

지금 이 나이는
작두 위 무당처럼
마음만 급해지는 때다

미수米壽에
저승사자 데리러 오면
지금 안 계신다 하고

백수白壽에
다시 데리러 오면
아직은 시간이 이르다 한다 하니

1기期도 못 살면서
헐,

이천명 시인의 책 이야기

첫 에세이집『그리움 그대에게』를 읽고, 천주교 원미동 성당 조호동 주임신부님은 이렇게 말씀하신다.

『그리움 그대에게』란 에세이는 우리가 자신의 삶을 풍요롭게 만들어가는 가장 좋은 방법을 제시하고 있다. 우리가 살아가면서 잃어버리기 쉬운 순간순간의 삶을, 작가는 그냥 잃어버리지 않고 삶의 긴 역사를 만들어 놓았다. 그래서 이 작가의 삶은 매우 풍요로운 것이다.

아주 사소하지만 소중한 것, 일상적이면서도 일상을 넘어서는 것, 그냥 잃어버리기에는 너무나 값진 작가의 마음이 긴 삶의 역사를 풍요롭게 만들어 놓은 것이다.

또 하나 중요한 것이 이 책 속에 담겨 있다. 미래를 활짝 열려고 하는 작가의 펼쳐진 마음이다.

두 번째 책 시집 『노을로 오신 어머니』를 읽고, 시인이자 부천대학 강사인 구미리내 님은 이렇게 말씀하신다.

문학은 삶을 기록하는 것이다. 잘 쓰려고, 멋져 보이려고 쓰는 시는 독자들의 마음을 얻지 못한다. 그만큼 시는 사람들의 마음을 움직이는 것이 어려운 일이다. 아름답고 성실한 노력이 있을 때만 그것을 반영한 한편의 좋은 시가 만들어지는 법이다.

이천명 시인의 시가 그렇다. 살아오면서 돌아볼 수 있는 삶의 기록들을 적당히 안정적이고 여유 있는 모습으로 표현하고 있다. 이해하기 어려운 철학적인 기교나 난해한 실험성의 상상력이 아닌 진정한 삶의 기록으로 그 존재성을 인정받으려 노력하는 흔적이 아름답다.

이 시인은 문학이 삶의 기록인 것처럼 문학적으로 잘 다듬어 놓고 있다. 잘 써지는 연필을 얻으려면 칼로 살을 깎아 심이 나오게 하고, 역시 사람이 되려면 굳은살을 깎아내리면서 인생을 살아가야 한다는 삶의 지혜를 잘 들려주고 있다.

세 번째 책인 여행기『섬 그리고 자유』를 읽고, 평론가이자 전 부천대학 교수인 민충환 교수님은 이렇게 말씀하신다.

복사골문학회를 움직이는 보이지 않는 손, 거대한 원천은 무엇일까. 그것은 역대 총무들이라 본다.

총무단의 맏이로, 단연 이천명 선생의 이름이 첫머리에 자리한다. 연장자이기도 하지만 인품 면에서도 으뜸이 되기 때문이다. 맏며느리의 품성과 오랜 신앙생활 속에서 몸에 밴 올바른 마음씨가 그 많은 회원을 포용하는 넉넉함으로 작용한 것이 아닌가 한다.

이 선생은 일찍이 에세이집『그리움 그대에게』를 출간하였고, 그 후 ≪수필과 비평≫지에「로맨스, 그 순수의 날개」로 수필부문 신인상을 수상 함으로써 문단에 등단하였다. 또다시 ≪창조문학≫에 시「불면」으로 시부문 신인상을 받았다. 첫 시집『노을로 오신 어머니』를 상제한 중견 문인이기도 하다.

세계 여행을 다니며 기록한『섬 그리고 자유』를

읽으면서 도식화되지 않은 상상력을 겸비해 제대로 표현할 줄 아는 작가의 마음이 아름다운 삶으로 기억되리라 생각한다.

이천명 시인은 결혼하고 부천에 살 때, 함께 살다 돌아가신 시어머님을 마음 아파하던 중 부천시에서 공모한 〈경로 효친 선양대회〉에 올린 글이 당선되어 복사골문학회와 인연이 되었다.

이 시집은 원미산에 올라 알밤이 툭, 툭 떨어지는 소리를 들으며 '그동안 헛되이 살지는 않았나!' 뒤돌아보는 성실함으로 꾹꾹 담아 쓴 글이다.

이천명 시인의 시 읽기

정초, 쌀 국숫집 미분당味粉堂에서 초교지를 받기 위해 만났다.

9남매 막내로 안성에서 태어난 시인은, 위로 아들 다섯 딸 하나를 잃은 뒤 천명(天命)이라는 이름을 얻었다, 했다. 지금은 언니, 오빠랑 3남매만 남았단다. 이 내용을 노래한 「안성댁」을 읽어보자.

먼저 보낸 아들이 다섯
늘 비실비실 앵한 막내딸
'하늘에 목숨이 달렸다'며 지은 이름이
'天命'

〉

이름 덕을 보았는지

남매가 사경 헤맬 때

아들 먼저 살리려 먹인 약 독약이 되고

방죽에 빠져 허우적거릴 때

구사일생으로 살아났다

먼 거리 줄이는 건 빨리 걷는 게 아니라

즐겁게 걷는 거라던 선비 같은 아버지

경주 이씨 대대 장손 맏며느리로 살다 보니

평생 물 만지고 사는 게 여자라며

공주처럼 일을 안 시켰던 울 엄마

8남매 맏며느리로 시집와

남편과 함께한 세월이 45년

자식으로 태어나준 우리 귀한 세 딸

듬직한 사위, 이쁜 손주들

이만하면,

잘 살았다 싶다

「안성댁」 전문

그리고 이같이 남다른 환경에서 태어나 주어진 삶의 한복판에 살다 보니, 저 김상용의 시구(「창을 남으로 내겠소」 마지막 연)같이 "그저, 웃지요."

8남매 맏며느리로
시부모님 모시고 살자면
매사 집안이 편해야 하니
꼭, 참고 살지요

살이 꼈는지 술이 독인지
3년이 멀다 하고 기막힌 일들이 펑펑
경찰서로 병원으로 혼이 나가 뛰어다녀도
그저, 참지요

한 날 한 시 어른이 되었건만
조선 시대에서 타임머신 타고 왔는지
아직도
예, 아니오만 하라는 남편

나이 들면 눈만 보고 사는 줄 알았는데
끝이 보이지 않는 날들

밀물과 썰물처럼 살며 눈물방울 삼키는
삶의 끝자락은 어딘가

그저, 웃지요

「그저, 웃지요」 전문

시인이 살고 있는 동네 뒤 원미산을 노래한 2부, 여행 시편들인 3부를 제외하고 1부 '살며 사랑하며'와 4부 '새해 새날'에서 눈에 들어오는 몇 작품을 소리 내어 읽어 본다.

우선 「희망 사항」이다.

아침에 눈을 뜨면 눈부신 기지개 켜고
맑은 물 한 잔으로
오장육부五臟六腑를 깨운다

남편 출근하고 나면
창문을 활짝 열어 상큼한 향기 들여놓고
집을 나선다

양수 속 아기처럼 물놀이하다
맑은 마음 가득 안고
작지만 예쁜 카페에서

카푸치노 한 잔으로
세상 돌아가는 이야기 풀며
벗들과 정담을 나누면

그리움 가득한 찻잔
한 모금 한 모금 넘길 때마다 느껴지는
그대의 향기

기쁨과 감사로
하루를 채우고 나면
해 질 무렵,

존경과 사랑받을 주름살
자연스럽게 우러나는 님 기다리며
설레는 마음으로 사랑 차를 볶는다

「희망 시향」 전문

보통 우리네가 현실에서 이뤄지기 어려운 일을 전제할 때 하는 말이 '희망 사항'이다. 그런데 시인이 꿈꾸는 것은, 그리 어려운 일이 아니다. 아침에 눈을 뜨면 맑은 물 한 잔, 남편이 출근하면 창문을 열어놓고 집을 나선다. 그리고 그야말로 '창 넓은 창가'에 차 한 잔 시켜 놓고 그리운 벗과 마주하니 '有朋而 自遠方來하니 不亦樂乎'아닌가.

이번엔 「가위 눌린 날」을 읽어보자.

만취한 남편
거실에서 잠든 모습 보고
나 혼자
방에 들어와 누웠다

"여보시오, 여보시오" 부르는 소리에
깜짝 놀라 깨어 보니
머리맡에 낯선 남자 둘이 앉아 있다
용수철처럼 벌떡 일어난다

"여보여보" 힘껏 소리 지르지만
목소리는 안 나오고

그 남자들 하는 말,
"당신 남편 거실에서 하늘나라 갔던데"

순간,
부들부들 떨면서도
침착해야 한다고 스스로에게 다짐하며
애꿎은 이불만 목까지 감싼다

비명소리에 깜짝 놀라 달려온 남편
아직도 술이 덜 깬 목소리로
"무슨 일이야?"

어휴, 술 냄새!

「가위 눌린 날」전문

퇴근길 한 잔 술에 비틀걸음으로 돌아온 남편 자리에 받아 눕히고 문단속한 연후, 까무룩 잠이 들었던가. 술과 친구 좋아하는 남편 걱정에 노심초사했던 까닭일까, 갑자기 머리맡에 나타난 저승사자! 악몽에 소스라쳐 일어났는데, 한밤중 비명소리에 달려온 남편, 어휴, 술냄새!

자녀 모두 출가시킨 후, 늘그막에 피차 보듬으며 사는 부부의 어느 날 밤 이야기가 미소를 자아내게 한다.

이번엔 「길」이다.

다시는
돌아오지 않을
그 길

웃음으로 태어나
눈물로 돌아간다

겨자씨보다 작은 행복
몸부림으로
찾아 돌고 돌다

제 자리로 돌아올 때면
호수에 알몸 씻는
보름달

「길」전문

　　읽는 내 입에서 자신도 모르게 노래가 흘러나온다.

　밝은 날도 있었지만
　달밤도 있었지만
　비 오고 바람 부는 날도 있었지만
　지내다 보니 어느새 달관!
　때로는 앞서간 사람
　내 발길이 따르고
　때로는 남이 간 길 아닌
　나만의 길 찾으며
　다시는 돌아오지 못할
　그 길을 찾아가네.

　누군가는 스스로 써 내려간 작품의 끝이고
　누군가는 자신이 써 내려간 작품의 첫 페이지
　다 잃어버린 그 자리에서
　비로소 보이는 참모습

미켈란젤로가 죽기 직전까지
고뇌하며 힘겹게 깎았다는
'피에타'
절망의 나락과 희망의 시작이다

모든 새로움이
폐허 위에 피어나듯
절망은 새로운 길목의 초입

이제부터,
어떻게 살아야 하는지를
다시 한번 되새겨 본다

매 순간 새로 태어나
온전히 내어주는 삶
남을 위한 희생이 곧 행복임을

다른 이들을 통해
꾸준히 이어지기를 간절히 희망하며
빈 무덤 앞에서 기도한다

「피에타」전문

예수님
품에 안고
가슴 아픈
마리아 상

나 자신
비움으로
부활의 새벽
맞이한다.

고백합니다
가시를 뽑고 싶습니다
정녕 뽑고 싶은데 뽑히지 않습니다
아마도 깊이 박혔나 봅니다
너무 아파 옵니다
심장이 터질까 두렵습니다
겨자씨 보다 더 자그마한 가시가
이렇게 깊이 박힐 줄 정말 몰랐습니다
이제,
당신의 오른손으로
가시를 뽑고 싶습니다

몰랐습니다
그토록 사랑하시는 줄 몰랐고
얼굴 보지 못해 몰랐고
목소리 듣지 못해 몰랐습니다
너무나 조용하셨기에
잘못하였을 때도 몰랐고
당신의 지극한 사랑을
참으로 몰랐습니다

고맙습니다
눈이 있어 볼 수 있어 고맙고
손이 있어 만질 수 있어 고맙고
발이 있어 걸을 수 있어 고맙습니다
재능과 능력 주시어 고맙고
풍요로운 마음 주시어 고맙습니다
더욱더 고마운 것은
내 안의 나를 알게 해주시어
정말, 고맙습니다

「고해 성사」 전문

시인의 고해인데, 바로 나 자신의 고백으로 읽힙니다. 나는 발문이나 해설을 쓸 수 있는 사람이 못됩니다. 그래서 이렇게 몇 편의 시를 소리 내어 읽었습니다.

이천명 시인의 시는 소박하고 자연스럽습니다. 남다른 기교없이 담백합니다. 생얼 그대로 꾸밈없다는 게 그녀 시의 특징입니다.

30여 년 복사골문학회에서 이웃으로 살면서, 시부모 공경은 물론 문우들의 관계 또한 사랑으로 헌신해온 삶. 그 지문으로 그려진 것이 다름 아닌, 조선의 여인 모습입니다.

지난날보다 앞날이 더욱 하느님 가호 속에 다복하시기를!

강정규(작가)